山乡村韵

SHANXIANG
CUNYUN

◎ 李君琦 著

黄河出版传媒集团
阳光出版社

图书在版编目（CIP）数据

山乡村韵 / 李君琦著. -- 银川：阳光出版社，
2024.1
ISBN 978-7-5525-7121-9

Ⅰ.①山… Ⅱ.①李… Ⅲ.①诗词－作品集－中国－
当代 Ⅳ.①I227

中国国家版本馆CIP数据核字(2023)第243965号

山乡村韵

李君琦 著

责 任 编 辑　金小燕
封 面 设 计　李君琦　谢子玉
责 任 印 制　岳建宁

黄河出版传媒集团 出版发行
阳 光 出 版 社

出 版 人　薛文斌
地　　　址　宁夏银川市北京东路139号出版大厦（750001）
网　　　址　http://www.ygchbs.com
网 上 书 店　http://shop129132959.taobao.com
电 子 信 箱　yangguangchubanshe@163.com
邮 购 电 话　0951-5047283
经　　　销　全国新华书店
印 刷 装 订　十堰日报社印刷厂
印刷委托书号　（宁）0027780

开　　　本　710 mm×1000 mm 1/16
印　　　张　15.75
字　　　数　160千字
版　　　次　2024年1月第1版
印　　　次　2024年1月第1次印刷
书　　　号　ISBN 978-7-5525-7121-9
定　　　价　65.00元

日新月异，天翻地覆。

这是一个大时代，一个大变革的时代，一个精彩纷呈的时代。作为个体，我们见证了脱贫攻坚、乡村振兴的辉煌篇章，也见证了中国人创造的一项项伟大壮举，百年征程汇聚成波澜壮阔的时代洪流，千年梦想在历史的银河中熠熠生辉。生活在这个时代，见证这个时代，是幸运的。

在人类遗存中，乡(镇)村是大地上最具有生命力的聚落，或生长或迁徙，都是在为生存作证。这些年，我深入到全市汉江南北100余个乡(镇)村，经常迎着破晓的朝霞出发，乘着落日和鸟鸣回家，沿着阡陌溪流寻找记忆，裤脚上沾满了露水和草叶。在追寻的过程中，看到了一个个"望得见山，看得见水，记得住乡愁"的美丽山村，也感受到了全民奔小康的火热激情。与此同时，那些曾经的场景变得熟悉而陌生，农村农业农活变得鲜活有力，如何打通新与旧、传统与现代、历史与现实之间的通道，展现乡村的山河浩荡、风起云涌、世道人心，抒写历史巨变带给乡村的诸多时代命题，是我在创作这些诗词时思考最多的问题。

漫步在乡村，这里没有气壮山河的雄浑态势，也少有恢宏万里的不羁境界，但能看到洋溢着无限生机的景致，能听到劳动者有力的心跳。踏足其间，朴

实的民风、真诚的民心和淳朴的民情,流淌于山水之间。根植在这深厚的生活土壤,遵循着内心的指引,无论是填词还是赋诗,无论是沉思冥想还是感怀抒情,都感到真实、真挚。

乡村是中国社会的大地,承载万物和城市社会。在一次次梳理乡村肌理的过程中,我试图从物象和意象的结合上,掰开社会生活的坚硬外壳,展示壮阔浪潮下那些斑驳而澄澈的内心镜像,给读者呈现一个既看得到风景又有人文地理的诗词画面。

《山乡村韵》作为《山风水韵》的姊妹篇,和《山风水韵》一样,在创作过程中,我致力于表达山乡独有的神韵、气韵、风韵,也尝试呈现韵脚、韵味、韵律,这也是山乡的节奏、时代的节奏与心灵的共鸣。囿于水平有限,填这些词时,虽尽量做到结构相同、词性相对、平仄相反,但难免会出错。我的努力在《山乡村韵》里,可能就是平平淡淡的场景描画,单纯直白的情绪宣泄,日常平凡的景致与情状,但在我眼里却是实实在在的烟火人间。我也希望在读者的感悟与体味中达成共识,找到共鸣点,因为这就是古朴而现代、恬淡而喧嚣、庄重而活泼、平静而汹涌的山乡村韵!

是为序。

李君琦
2023 年 8 月 26 日,于汉江之滨

目录 CONTENTS

春韵篇

踏莎行·游龙韵村

汉江水新,村落貌陈。
芳华已逝寻乡音。
古宅石磨勾初心,
陈年旧事忆童真。

披罢蓑衣,又磨豆粉。
心随古韵逐烟云。
村醪一壶摆龙门,
日斜醉卧龙韵村。

2019年4月20日,于十堰市郧阳区柳陂镇龙韵村

点绛唇·紫藤花

树树珠帘，直挂城隅春归后。
欲滴娇艳，垂首舞长袖。

轻风摇曳，妍姿明如绣。画一轴。
农舍场圃，翡翠琳琅秀。

2022年4月16日，于十堰市张湾区大西沟乡王家湾村紫藤园

生查子·春到鲍花村

春风惬意吹,繁花随风飞。
枝头黄莺唱,堤旁细柳垂。
深巷闻犬吠,池塘鸭鹅肥。
花间竹篱短,山岚春烟醉。

2021年3月13日,于十堰市张湾区花果街办鲍花沟村

生查子·龙王垭茶山

山实东吴秀[①]，茶占灵草魁。
青岚罩清渠，垅径窈窕回。
阡陌布苍苔，松涧无喧阗。
谈笑云台处，妙品雀舌味。

2020年5月4日，于十堰市竹溪县竹坪乡龙王垭村

[①]此句引自唐杜牧《题茶山》，原句为："山实东吴秀，茶称瑞草魁。"

锦堂春·八里^①春色

峰壑一袭轻绿，
山凹数片野花。
春草初醒头顶露，
村景可入画。

樱桃染红沟洼，
杜鹃展颜攀崖。
四野八荒春无暇，
春藏农户家。

2020年4月28日，于十堰市房县城关镇八里村

①八里：指房县八里村，位于房县城关东部，是全市十八个
美丽乡村示范村之一。

生查子·小村翻山堰

堰边有小景,垅上花已繁。
东凹藏别苑,西河水潺潺。
溪流绕峰峦,穷山变金山。
闲客频来去,童叟尽笑颜。

2023 年 4 月 8 日,于十堰市郧阳区城关镇翻山堰村花果山

西江月·梅花谷春色

花谷十里缀绿，
香溪九曲环流。
两岸梅花没红透，
春色已染枝头。

桃红柳绿水瘦，
几栋农舍古楼。
门前黄鹂鸣枝头，
水中野鸭闲游。

2019年3月31日，于十堰市竹山县文峰乡梅花谷村

西江月·夹河关电站

汉江东去不还，
忽见蜀水中断。
秦岭西来石壁坚，
夹河关下奋战。

横立汉江石壁，
截断巴山一端。
一颗明珠诞人寰，
星辉遥照九天。

2019年5月1日，于十堰市郧西县夹河关电站

采桑子·采桑响耳河

花果山上桑成荫。
桑葚惹人,红浅紫深,
相邀兰襟①喜采葚。

一园绿色染诗文,
清香远闻,荒野变金,
东海为桑②耐人寻。

2020年5月3日,于十堰市郧阳区城关镇响耳河村

---

①兰襟:比喻知心朋友。
②东海为桑:形容翻天覆地的变化。晋葛洪《神仙转·麻姑》:"接待以来,已见东海为桑田。"

南楼令·老油坊

千锤一滴油,功成色如酥。
坊门侧,影壁浮图。
遥想桑田惆怅事,
多风雨,枕茅楼。

断梦碎片留,星移几度秋。
小景观,自然传授。
引来金凤栖梧桐,
朝晖里,显风流。

2022年3月2日,于十堰市茅箭区茅塔乡廖家沟村老油房

少年游·营子村小酌

山罩四野又重天,极目溪流远。
几间农舍,鸡鸣犬吠。
鸟雀唱轩辕。

心静意恬思绪单,平添两分闲。
数碟小菜,一壶老酒。
小酌忘流年。

2019年5月4日,于十堰市茅箭区大川镇营子村

浣溪沙·五步河茶香

彩带层层绕小岗，
伏龙①茶韵音律长。
诗意浓浓煮茶乡。

才听犬吠溪水唱，
又闻清香山岗上。
品茗问道小村庄。

2021年4月3日,于十堰市茅箭区大川镇五步河村茶场

①伏龙:指伏龙山,位于十堰市茅箭区境内。

河渎神·游龙井村

龙山起青岚，
女娲①仪容偶现。
茶畦逶迤绕山顶，
举目几束绿绢。

春风轻推池涧水，
敲击古井石碓。
怪柳吐丝挂翠，
路人行至忘归。

2020年4月21日，于十堰市竹山县宝丰镇龙井旅游村

①女娲：此处指竹山县宝丰镇境内的女娲山、娲皇宫，与龙井村相邻。

踏莎行·义军寨①

营子村里,旧瓦破壁,
闯王留迹数百年。
残砖引出上古典,
今世又续爱民缘。

故事串串,路人然然,
一段佳话由此传。
山寨断垣镇长闲②,
始逢盛世话当年。

2021年4月12日,于十堰市茅箭区大川镇营子村

① 义军寨:相传当年,李自成军队经此不扰民,义军自己动手建寨驻扎,故得名。
② 镇长闲:此处指闲置了很长时间。纳兰性德《踏莎行·倚柳题笺》:"小楼明月镇长闲,人生何事缁尘老。"

重叠金·坎子石林①

坎子山内藏神奇，
浩浩万亩林石立。
嶙峋附石壁，
怪状布山体。
山体出石笋，
苍苍一石林。
千奇落山野，
双目不暇接。

2021年3月26日，于十堰市郧西县湖北口回族乡坎子山村

虞美人·东沟杜鹃红

和风熙熙杜鹃红,清水出芙蓉。
去年此时同欢腾,
今春伙伴可在花丛中。

岁月易逝青山在,来去也匆匆。
花开花谢南来风,
应如东沟杜鹃树常青。

2018年4月18日,于十堰市茅箭区茅塔乡东沟村

行香子·岁月静如许

水静无澜,花艳不繁。
放眼去,疏密有间,
闲游其间,岁月亦然。
桃花湖上,景依依,水澹澹。

远离尘嚣,融入自然,
岁月静,其乐无限。
忘了归路,忘了流年。
桃花湖边,水一壶,茶一盏。

2019年4月4日,于十堰市茅箭区桃花湖度假村

浣溪沙·东沟生态园

一鸣警醒谷中天，
苍山空河挂黛帘。
鼎革变幻桑榆田。

莫道河东又河西，
春风又迎貔貅还。
瘠土嬗变芙蓉园。

2018年4月26日,于十堰市茅箭区茅塔乡东沟村

雨中花·片红留客足

云下彩带路边树,静看岁月随风去。
红叶铺锦,绿叶叠翠,景色添一趣。

此景留客天色暮,无言无语忘归路。
彩带平舒,却拨琴弦,偶然来思绪。

2021年4月16日,于十堰市张湾区汉江路街办七里村

生查子·绿松石

深藏母腹中，清修纯洁身。
修炼百万年，方聚一团神。
真身自有质，其性乃坚贞。
一朝凌空出，尊容惊世人。

2021年3月22日，于十堰市竹山县溢水镇绿松石矿

南歌子·春满植物园

七彩同心圆,郁金落地香。
远近高低各芬芳,
翡翠红粉争艳,映骄阳。

放眼畅怀处,色染黑土上。
树上黄鹂唱芴苊,
树下花叶和美,沐春光。

2019年4月7日,于十堰市茅箭区秦巴植物园

眼儿媚·游宿营基地

南川有色青袅袅，岗上茵茵草。
老马一匹，闲人三两，偶听鸟叫。

轻步游走山谷间，侧耳静悄悄。
春山淡淡，时空杳杳，心亦陶陶。

2023年4月15日，于十堰市张湾区西沟乡南沟村山谷见露营基地

月上海棠·放马坪①

千年轶事今流传，
古村里，马嘶声未歇。
千秋豪杰，人传颂，无径四野。
忆往事，今又重修古街。

从来英雄一剧终，
岁月几轮回，谁评说。
一个传奇，催生出万人兴业。
游胜境，雅赏千年明月。

2021年3月24日，于十堰市张湾区花果街办放马坪村

---

①放马坪：相传公元1643年李自成北上大军在此放
马休整，因此得名。

南乡子·方滩花香

方山缀花畦，汉水如带裹锦衣。
移步高阜抬望眼，无极。
菜花桃花越房脊。

香风袅袅里，蜜蜂蝴蝶穿梭急。
极目江边水近远，无际。
春山和水两相依。

2021年3月27日，于十堰市张湾区方滩乡方滩村

浣溪沙·梅园赏花

虬枝展眉挂晓寒，
一缕幽香随风远。
独步花下寻清欢。

人言花艳周期短，
可知清香飘九天。
花枝摇曳笑不言。

2019年3月11日，于十堰市张湾区黄龙镇斤坪村

河渎神·水堤沟

曲径通溪泉,水濂呈堤递减。
湿雾氤氲入云间,遥望几叠青山。

柳枝撩动绿缣被,偶闻农舍犬吠。
沟壑浮沉挂翠,勾勒小村韵味。

2020年4月12日,于十堰市张湾区汉江路街办水堤沟村

眼儿媚·周沟月季花

村旁林下几枝秀,隐约却风流。
植株阡陌,红黄粉绿,花盛叶稠。

信步鸟道随性走,但作蝴蝶游①。
东墙轻荫,南山斜日,欲去还留。

2020年4月30日,于十堰市张湾区红卫街办周家沟村

———————————

①蝴蝶:指月季花,花蝴蝶品种。

百字令·何与桃花爽约

灼灼红颜,可叹雨摧残,片片零落。
曾经揽枝邀花酌,为何屡屡爽约。
瘟疫氤氲,甲士挥戈,送走不速客。
除瘟逐疴,却把春光耽搁。

幸有东君羲和,躬亲①前往,扫狼藉阡陌。
欲写欣词慰款曲,豪情壮志当歌。
来年仲春,再展宏图,当兑去年诺。
朝阳冉冉,踏访春山一角。

2020年3月25日,于十堰市张湾区花果街办鲍花村桃园

---

①躬亲:亲自,亲身从事。《诗经·小雅·节南山》:"弗躬弗亲,
庶民弗信。"

满庭芳·西沟仲春

溪水凫鸭，游鱼河虾，堤柳桃花。
移步小径眼无暇，安享当下。

故交新友伴晚霞，醉人春风拂面颊。
长河湾，流水飞红，春色满农家。

2019年4月3日，于十堰市张湾区大西沟乡东沟村

河渎神·八仙观茶韵

八仙曾相邀，同来佳处品茗。
弹奏逍遥①饮雀舌，论道悠若晨风。

乘云俯瞰大岳景，洞天玄幻藏青。
仙山暗香流动，灵草②四野蜚声。

2020年4月24日，于十堰市武当山特区武当山镇八仙观村

①逍遥：此处指庄周的《逍遥游》。
②灵草：指茶。唐陆龟蒙《奉和袭美茶具十咏·茶人》诗曰：
"天赋识灵草，自然钟野姿。"

玉连环影·江边月季

花媚。犹如牡丹醉。
株株迷人,摇曳蝴蝶坠。
红愈燃,绿愈翠,
人生如景,花好需叶配。

2023年4月18日,于十堰市张湾区方滩乡沉潭河村

谒金门·花雾人间

小村口,花雾人间一处。
满园海棠花下语,往来游客驻。

观花人流如织,去春散后又聚。
迟日来时花几许,正值春分朝阳出。

2021年3月21日,于十堰市张湾区花果街办花园村

洞仙歌·学堂洞①

千年书院,择悬崖造就。
一方学子始闻道。
授业论诗韵,宗师飘逸,矜标格,
先贤论道时候。
先古留奇洞,明德传心,
国学传承扬五洲。
松鹤鸣长秋,五经四书,
洞堂授,焉能虚度。
曾几何,洞堂也凋零,
复日沐朝阳,又披锦绣。

2022年3月21日,于十堰市竹山县双台乡双台村学堂洞

①学堂洞:又名学古洞,相传是孔夫子讲学的地方,位
于竹山县双台乡双台村,始建于清咸丰八年(1858)冬,
后被毁,1993年当地老百姓重建。洞内景色别致,洞外
山清水秀,瀑布飞泻,修竹密布。

南歌子·斤坪郁金香

堤柳罩烟绿,湖畔花日红。
丽鸟声声柳枝中,
春花蝶蜂闹,地籁动。

满园粉红黄,郁金扑鼻香。
徐徐春风微带凉,
放眼一帘春色,情丝长。

2021年3月20日,于十堰市张湾区黄龙镇斤坪村

浣溪沙·始遇桃花

连续三年因由未到鲍花沟赏桃花,今年应几位朋友邀请采风,始见桃花盛开。

三年未与桃花逢,
今朝丹采灼春融。
鲍花沟内烂漫红。

雨中花枝舞清风,
碧桃摇曳春晖生。
人间处处总关情。

2022年3月20日,于十堰市张湾区花果街办鲍花沟村

踏莎行·官道玉英

官道玉英，芳郊嫣姹。
百态娇姿春阳下。
仁威两颊颜值华，
一路芬芳千树花。

翠叶英红，虬枝嫩芽。
几经风雨交错打。
一场愁梦惊醒时，
芳颜依旧靓华夏。

2023年3月15日，于十堰城区仁威大道

山花子·樱桃花开

又逢阳春花正艳，
驱车赴约会春山。
花事年年如期见，存执念。

地籁声声寄花间，
天地情深花亦暖。
闲客逸致探花市，心在看。

2022年3月12日，于十堰市郧阳区茶店镇樱桃沟村

眼儿媚·花飘汉江畔

江畔菜花掩村庄，十里披霓裳。
别样情趣，一幅画卷，铺向汉江。

如诗如画山民居，今日已另样。
春风摇曳，金花缀地，笑盈北窗。

2021年3月30日，于十堰市郧阳区安阳镇陈营村

南乡子·花开石头村

黄土生黑石,昔日荒芜少人住。
穷山远连恶水处,无语。
沧海桑田摇花枝。

荒凉今朝去,山村嬗变锦绣居。
青山绿水藏金屋,炫目。
满目花果惊君殊。

2021年4月2日,十堰市郧阳区安阳镇凉水河村(又名石头村)

菩萨蛮·遗址墙

遗址墙下望远古，
辽瓦史诗一墙书。
汉水东流去，
时光书写史。
灿烂文明在，
遗址已记载。
造景昭后人，
醒言铭子孙。

2021年4月17日，于十堰市郧阳区柳陂镇辽瓦村遗址墙

浣溪沙·洪门油菜花

春风和煦送芬芳，
油菜次第登云岗。
十里洪门染金黄。

田园层层泛金浪，
农舍东边芸薹香。
一花一水一富乡。

2022年3月26日，于十堰市郧阳区青曲镇洪门铺村

浣溪沙·花动祥源湾

暮春雨霁艳阳天，
蔷薇花动祥源湾。
路人总把游客羡。

若能日日得清闲，
十里断壁铺席筵。
赏花吟诗同把盏。

2022年5月2日，于十堰市郧阳区柳陂镇祥源湾村

南乡子·大岭樱桃花

大岭村前春，满山繁花堆云锦。
溪边虬枝花儿新，放眼。
素花流水惹路人。

今春花儿勤，不到三月已缤纷。
香风摇枝花不离，销魂。
樱桃花朵动心神。

2021年2月21日，于十堰市郧阳区茶店镇大岭山村

风流子·江岸即事

江岸草绿矣,春雨后,风吹野草草。
疫后踏江堤,花开时节,恰逢时翠,忽听吹箫。
季春时,妖雾清除尽,江花开未凋。
水映碧空,游人如织,白鹭飞处,云淡天高。

深居户外乐,君知否。一度两鬓萧萧,
偶遇东君①一面,举盏长啸。
共祝虫疴去,携友踏青,江堤放歌,酌酒市郊。
站在汉江北岸,吟诗挥毫。

2020年4月9日,于十堰市郧阳区汉江北岸观江景

———————————————

①东君:指太阳。

临江仙·槐月江景

夕阳斜照江水明，
江中叠山重重。
双眼收尽一江景。
江滩熙攘，柳下坐钓翁。

季春正值槐花浓，
碧浪轻送香风。
岸边渔村舣孤蓬。
人在江边走，只影也轻松。

2022年5月4日，于十堰市郧阳区汉江北岸

相见欢·花果山春景

遥山一抹绿峰，春色浓。
蜂蝶相舞花间，庄周梦。

菜花黄，杏花白，桃花红。
斜卧花间玄览，北窗景。

2023年4月6日，于十堰市郧阳区城关镇翻山堰村

眼儿媚·易村石榴花

江岸花开访易村,郧阳青曲行。
五月榴花,耳中鸣蜩,眼中青杏。

暮春时节村景浓,榴花眼明。
清香勾魂,人随心意,花随心境。

2022年5月2日,于十堰市郧阳区青曲镇易家河村

眼儿媚·柳陂湖①岸

汉水粼粼花轻漾,水中花影长。
江水幽幽,水草悠悠,垂柳微飏。

春景装点江南岸,格桑花别样。
静水穹桥,林荫草畦,疏影花窗。

2022年4月7日,于十堰市郧阳区柳陂镇刘湾村柳陂湖

①柳陂湖:地名,因南水北调筑坝拦江,汉江水进入柳陂而成湖。

春光好·游秦古河

料峭寒,冷乍暖,霜隐山。
远看草绿近却无,春若现。

春风放胆梳柳①,疏雨润花未绽。
残冬归去春显迟,雁已还。

2021年3月20日,于十堰市竹山县秦古镇

①引自郑板桥的对联:"春风放胆来梳柳,夜雨瞒人去润花。"

浣溪沙·东方橄榄园

汉江北岸橄榄绿，
彩练经绕飘垅沟。
棵棵黄榄缀枝头。

一园青果慰心境，
妙手绘就幸福图。
昔日荒丘变金丘。

2021年3月10日,于十堰市郧阳区杨溪铺镇杨溪铺村

虞美人·春到月亮湖

桃花吐红梨花白,芳菲次第开。
一帘春色迎面来。
游此地,顿感天地垂爱。

满园堆雪流异彩,蜂蝶复徘徊。
欲问来客何开怀。
童心在,欢歌轻舞户外。

2018年3月17日,于十堰市郧阳区柳陂镇月亮湖植物园

浣溪沙·桃花岗

十里桃花一路香，
潺潺溪水飘梦想。
昔日穷山变富乡。

梧桐迎来金凤凰，
毛地嬗变桃花岗。
和丽春风沐村庄。

2021年3月16日，于十堰市郧阳区城关镇桃花沟村

南歌子·樱桃红了

春已走,留下东风颂,
南山又见枝头红。
葱茏景色挂灯笼,黄鹂鸣翠景。

村尽头,车流如游龙,
人头攒动绿荫中。
按下快门拍心声,诗情涌如泓。

2019年4月27日,于十堰市郧阳区茶店镇樱桃沟村

南乡子·大岭樱桃红

春暖雨初收,樱桃泛红小村幽。
喜鹊跳枝果碰头。翘首,
一川两山红果稠。

人来春未走,含桃妖艳闲客游。
行人笑声穿林岫。举手,
拍照摘果意未休。

2023年4月25日,于十堰市郧阳区茶店镇大岭村

柳长春·踏春月亮湖

走出城廓,漫步春色。
举目望断花朵朵。
满山花闹春寒避,
月亮湖畔人车多。

蜂蝶报春,鸭戏江河。
惬意岁月匆匆过。
花开花谢一轮回,
莫让时光空蹉跎。

2019年3月23日,于十堰市郧阳区柳陂镇月亮湖植物园

望江南·春游腰庄

南岭上，驻车玄览时。
沟壑沃野有春语，
赤橙黄白缀绿枝。
举手拍红雨。

仲春时，户外来兴致。
天上人间春先知，
天籁地籁添春趣。
静听韶光曲。

2023年3月10日，于十堰市郧阳区柳陂镇腰庄村

浣溪沙·垄上行

寻芳踏春垄上行，
百花摇曳戏春风。
菜花桃花争春宠。

次第斗艳在一垄，
蜂蝶蹁跹绕花鸣。
闲翁竟醉花丛中。

2018年4月1日，于十堰市丹江口市习家店镇陈
家沟村

南歌子·江中捞太阳

我借金色网，江中捞太阳。
余晖染红江之茫。
收尽一帘金色心荡漾。

获取喜与伤，我心何彷徨。
随撒金辉江堤上。
手牵一束金丝系流淌。

2018年3月1日黄昏，于十堰市郧阳区汉江北岸

夏韵篇

浪淘沙·丹江观潮

飞浪自天降,丹江坝①上。
一江清流熬午阳。
浪遏飞溅珠成帘,晶莹闪亮。

水边清风凉,岸边熙攘。
江水泄处掀巨浪。
心潮澎湃随浪高,直击心房。

2020 年 8 月 2 日,于十堰市丹江口市大坝下观泄洪

---

①丹江坝:位于汉江与丹江交汇处,是南水北调中线调水工程
的枢纽工程。

浣溪沙·又见云盖寺

云盖天地覆江川，
寺中瑞气冲云端。
地藏绿宝①富仙山。

平生不见云盖寺，
历遍千山也枉然。
驱车策杖了心愿。

2023年5月15日，于十堰市郧阳区鲍峡镇余家湾天柱山

① 绿宝：指绿松石。

疏影·游上庸古镇①

圣水湖畔,古镇秀靓影,惹人目注。
旧国古都,遗留上庸,远古残垣已去。
金戈铁马千秋事,书写着,悲伤离聚。
星月转,时光移,阳光注,古镇重书。

孟夏圣水绕城,不觉心涌动,惬意情
趣。
一湖圣水,成就庸城,引来游人如织。
明珠②亮处古镇舞,奏响了,旧歌新曲。
游古镇,一抒心胸,写下情绪句。

2022年6月6日,于十堰市竹山县上庸古镇

---

①上庸古镇:位于竹山县境内,古代曾是上庸古国国都所
在地。
②明珠:指竹山潘口电站,电站坝址在原田家坝镇,现上
庸占镇下游。

浣溪沙·题甘家祠堂①

夷匪平患护众生，
护国保家千古铭。
甘氏代代有传承。

五雄②英灵建祠敬，
一炷清香绕苍穹。
凛凛英风尚如生。

2022年6月6日，于十堰市竹溪县中峰镇甘家岭村

①甘氏祠堂：是一座穿越了260年时光的古代建筑，位于竹溪县中峰镇甘家岭村，初建于清乾隆年间，后经三次修缮，2013年被列入第七批全国重点文物保护单位。甘氏祠堂源于甘继芳及家族后人抗击吴三桂叛军的英勇故事，是集孝廉文化、忠烈故事、宗祠建筑艺术等多种文化于一体的清代古祠，规模宏大，保存完整，独具特色，文化底蕴深厚，令人叹为观止。
②五雄：指在抗击吴三桂叛军保卫家乡壮烈牺牲的甘继方、甘杜、甘敬选、甘敬员、甘承欢。

东风第一枝·挂榜岩

深山藏面,不遮伟岸,春夏秋冬依然。
岩下群英荟萃,中宗①挂榜留典。
一朝轶事,越千年,经走民间。
看人间,纷繁迷幻,野史装点山川。

看山廓,刻下史卷。山倒影,斜阳血染。
亭皋②又建群阁,愿伴苍山入眠。
山水入画,似童颜,春光一线。
挂榜岩,独卧不喧,满腹经典流传。

2020年6月6日,于十堰市房县桥上乡挂榜岩

①中宗:唐中宗李显,相传当年被贬为庐陵王,迁房州(今房县),后在房州挂榜选将反周复唐。因此,后人将此山命名为挂榜岩。
③亭皋:水边的平地。《后汉书·司马相如传》:"亭皋千里,靡不被筑。"

望江南·长河湾瀑布

水起处，蛟龙腾空去。
密云笼罩雨如注，
黄玉珠帘击水石。
此景语已迟。

放眼处，心花随浪出。
人间七月防雨期，
唯独长河雨季迷。
诗境不相疑。

2020年7月11日，于十堰市张湾区西沟乡长河湾村

捣练子令·燕子洞

云中桥,洞中天,
洞内精灵藏万千。
金丝①谧隐乾坤大,
何路神仙布疑团。

2018年8月29日,于湖北省神农架燕子洞

①金丝:指金丝燕。

临江仙·涧池夏荷

荷叶动处有蛙声,晨曦凉风浸袖。
几株荷蛊刚出头。
小楼四周,翠柳荷花露。

怎奈庚子三月病,憔悴探莲临秋。
坐看荷塘披星斗。
一池月色,时光静静流。

2020年8月7日,于十堰市郧西县涧池乡下营子村

浣溪沙·欢乐世界

国瑞祥和彩虹现,
汉水润泽九龙山①。
欢乐世界用情牵。

乡村衔城密无间,
岩洞②溪泉添新颜。
车城愚公谱新篇。

2023年7月15日,于十堰市欢乐世界

①九龙山:位于欢乐世界游乐园右侧,在圩坪村内。
②岩洞:指十堰市张湾区车城街办岩洞沟村的岩洞沟水库。

南乡子·雁落莲池①

一泓碧水里,清风长雁落水溪。
微风滴露摇芙蓉,欲滴。
雁落莲池八景②一。

汉水向北移,八景有七归江底。
满池荷花香旖旎,扑鼻。
再现雁落莲池地。

2020年8月3日,于十堰市丹江口市均县镇莲花池村雁落莲池景区

①雁落莲池:系古均州八景之一,因修丹江口大坝被淹,于2017年在均县镇莲花池村重建。
②八景:指古均州八大景,即龙山烟雨、雁落莲池、槐荫古渡、沧浪绿水、方山晴雪、黄峰晚翠、东楼望月、天柱晓晴。

满庭芳·游弋方滩

河水泱泱,烈日炎炎,水面碎鳞点点。
数只白鹭,低翔浅河湾,高山低河水懒。
闲游此,玄览河面。
眼尽处,蔽日青山,水边排渔船。
方滩,水潺潺,栈道护岸,绿草成毯。
站在堵河边,回望村头,不见茅舍疏篱。
村野小憩,忽感清闲,愿与北窗眠。

2019年6月13日,于十堰市张湾区方滩乡方家湾村

浪淘沙·大川夏景

林竹遮幽窗,绿影韶光。
庄园和美却斜阳。
忽听潺潺溪水过,丝丝清凉。

境幽心自爽,低吟浅唱。
随口李杜与友赏。
一曲一和任畅享,梦枕北窗。

2021年6月23日,于十堰市茅箭区大川镇营子村

踏莎行·安阳行

玄览四野,绿色无限,
心飞逸情目行远。
微风过处景色漫,
春华秋实艳阳天。

踏遍青山,寻觅闲田,
引来金果攀银山。
燕子今又衔新枝,
游子丹心情无限。

2019年6月21日,于十堰市郧阳区安阳镇选猕猴桃基地

南乡子·游饶氏庄园①

绿叶掩山溪,一派空山万木齐。
千年古栋②遮庄园,楼低。
弯腰俯瞰岩下溪。

百年多风雨,虎踞龙盘南山脊。
几人叹息几人提,缘起。
苍山深处闻雄鸡③。

2020年6月26日,于十堰市丹江口市浪河镇黄龙水畈村

———————————————

①饶氏庄园:始建于1911年,建成于1921年。
②古栋:指庄园后山的千年黄栋树。
③闻雄鸡:雄鸡一唱天下白的意思,形容一种新生活的到来。
典出唐李贺《致酒行》:"我有迷魂招不得,雄鸡一唱天下白。"

临江仙·游圣水湖

九女峰下何所寄，一水遥寄相思。
水下异景忆当时。
飘零心事，湖畔花知。

轻舟划破湖上路，逆上应到竹溪。
秦庸两界话分携。
凭湖远眺，情寄远山里。

2022年6月5日，于十堰市竹山县上庸镇圣水湖

临江仙·岛村代湾①

江水㶁㶁润沃林,村缘水为邻。
放眼江面烟水蓝。
林木摇曳处,花畦伴瓜田。

洪兽②无羁犹在否,驯服已下北川。
万壑绵延③桑麻见。
苍山已不返,绿水浇金山。

2020年7月9日,于十堰市丹江口市土关垭镇南水北调移民村代湾

---

①代湾:南水北调移民集中地之一,是个生态旅游村。
②洪兽:形容暴涨的大水。
③万壑绵延:形容山峦延绵起伏,高低重叠。

鹧鸪天·登神农顶

青岚缠裹云灌顶,
连绵巍峨傲苍穹。
猿啼猴蹿嬉荒林,
茫茫林海湮群峰。

蜗步行,揽名胜,
八荒九域脚下动。
峰顶放眼千里去,
滔滔林海万幅景。

2018年8月22日,于湖北省神农架林区神农顶

锦堂春·探访桑皮垭

古树小庙民居，
石磨穹桥低花。
初夏轻绿微风软，
燕巢筑檐下。

步入小村农家，
恍若找回芳华。
今访古村桑皮垭，
煮酒话桑麻。

2023年5月23日，于十堰市张湾区西沟乡桑皮垭村

玉关遥·天柱晓晴①

登临孤岛参残碣,望均州,
古城水下歇。
沧海桑田,问清风、浮沉凉热。
惊心事,江水北上②大节。

一城繁华昔日别,大江去,
千里共明月。
抬头望岳③,最难忘、天柱晓晴。
太子阁④,天柱晓晴为何。

2020年8月5日,于十堰市丹江口市均县镇太子岛景区天柱晓晴石碑处

①天柱晓晴:指均州古八景之一,南水北调加坝,随均州古城淹于水下。
②江水北上:指南水北调工程。
③望岳:指遥望武当山,武当山又称大岳武当。传说古均州南门楼为最佳
的望武当山的位置,特别是雨后初晴,在这里望武当山清晰而绝妙,因而
被列为古均州八景之一。
④太子阁:位于太子岛上,是天柱晓晴碑后的楼阁。据说这是古均州南门
的后山。

鹊桥仙·一树成景

盘曲多姿,疏影斜横,绿叶扶摇云霄。
一朝修成脱林岫,远近客,慕名寻找。

虬干龙枝,雍姿劲态,浪溪腺柳景好。
一树成景催诗句,古柳下,索句唱了。

2023年6月21日,于十堰市茅箭区大川乡浪溪村

渔歌子·渔船归岸

水东流,不复还,
渔船揖别轻靠岸。
甲板上,人不闲,
渔夫结网收缆。

生在水,家在船,
稻饭鱼羹水中仙。
轻敲杯,慢举盏,
管他今昔何年。

2019年6月30日,于十堰市方滩乡方家湾村堵河岸边

临江仙·神农峡^①

傍邻神农一脉山,洞谷^②藏谜千年。
乡里野史断续传。
野人踪迹处,九野^③留乡关。

最是原始显清秀,转眼金山银山。
一村富裕始得见。
桑农遇春天,笑指神农涧。

2020年6月5日,于湖北省新农村建设示范村十堰市房县桥
上乡杜川村

---

①神农峡:指神农峡风景保护区,位于房县桥上乡境内。
②洞谷:指野人洞和野人谷。
③九野:指野人岭、野人寨、野人潭、野人洞、野人谷、野人
峡、野人峰、野人涧、野人桥。

江神子·翠峰藏芙蓉

白云翠峰藏芙蓉,好意境,惹心动。
了然亭下,荷花别样红。
玄览四野无躁景,云飘飘,荷叶静。

忽见清风拂莲动,放眼去,花浪生。
胸中无澜,心与池莲通。
满目滴翠忘尘红,化为蝶,融入景。

2019年7月12日,于十堰市茅箭区茅塔乡东沟村莲花谷

如梦令·淘宝小镇

昔日旧舍茅居，
今朝花园小楼。
云线绕云霄，
圣玉①远销九州。
神速，神速，
淘宝②云上逐鹿③

2020年8月，于十堰市郧西县涧池乡下营子村淘宝小镇

①圣玉：指绿松石，当地矿产之一。
②淘宝：指淘宝网。
③逐鹿：喻争夺统治权，此处指网络商战激烈、残酷。
《晋书·凉武昭王李玄盛传》："于是人希逐鹿之图，家
有雄霸之想。"

鹊桥仙·游走百二河

闲步轻足,眼前一幕,忽见水中穹桥。
一眼未穷新气象,眼前这,景色可好。

一河两岸,绿深红浅,曲回层叠远高。
清虚蜃楼水相映,兴未尽,夕阳西照。

2021年7月12日,于十堰市城区百二河老街改造处

天净沙·大九湖

大九小九①远山，
河流湖泊草原，
蓝天白云阆苑。
清净如莲，
置身已忘尘寰。

2018年8月28日，于湖北省神农架大九湖

①大九小九：指神农架大九湖和小九湖。

鹊桥仙·漫步百龙潭

遮天蔽日，丛林深处，鸟鸣惊动草虫。
峰岚深壑脚下景，凉风习习已忘情。

身隐幽林，景随心静，坐听溪唱蝉鸣。
不听清歌也情动，心灵与地籁同声。

2018年6月3日，于十堰市张湾区花果街办桃子村百龙潭

浣溪沙·雨中长河湾

雨追清风洒西城，
云压密林鸟无声。
万片浮萍任蛙鸣。

一湾荇草铺水面，
河面偶见几点红。
雨中河湾别样景。

2020年7月12日，于十堰市张湾区西沟乡长河湾村

重叠金·十回首①

千仞峰下十回首，
神农留下千年足。
深谷野人吼，
峰顶鸣猿鹿。
涧上鸟飞绝，
神溪鲵独卧。
往昔鬼见愁，
今朝变通途。

2020年6月1日，于十堰市房县桥上乡十回首

———————————————

①十回首：地名，与神农架相接，在野人谷景区上
端，路段险峻。

渔家傲·游回龙莲池

芙蓉摇水莲撑伞。
桥上熙攘桥下绚。
芳裙与荷竞斗艳。
凫鸭慢,引颈拔莲看人面。

彩伞装点莲池岸。
伞与莲荷共蹁跹。
惹得群芳流连返。
斜阳晚,眼装莲池心如莲①。

2020年8月6日,于十堰市张湾区黄龙镇回龙村

①心如莲:意指心灵像莲花一样高尚纯洁。

生查子·大晟庵箭楼①

银洞山中静，阴阳二鱼生。
苍山伴孤影，偶听诵经声。
三尊可来渡，未闻仙鹤鸣。
云飞林自空，清修自圣明。

2020年7月2日，于十堰市丹江口市土关垭镇银洞山
村大晟庵箭楼

①大晟庵箭楼：始建于1506年，为保护大晟庵道观
的防御设施。

画堂春·西沟葵花

满园金色惹游人，
蜂蝶舞处销魂。
双目所及欲相亲，
伏天如春。

曾经萧瑟已去，
今披花衫一帧。
沧海桑田变容颜，
致富脱贫。

2021年7月12日，于十堰市张湾区西沟乡西沟村小花房

鹧鸪天·桥上六月天

寥廓绿色蔽日闲，
遥山碧浪映天蓝。
三野①毗邻咫尺间，
饮醉清凉洞外仙。

房陵地，号壶天②，
遁入空山忘流年。
愿留福地度浮生，
遗忘尘红音外弦。

2020年6月17日，于十堰市房县桥上乡

①三野：指野人谷、野人洞和野人湖。
②壶天：谓仙境，圣境。唐张乔《题古观》："洞水流花
早，壶天碧雪春。"

浣溪沙·咏鲟鱼基地

千圄秀水藏生灵，
一束韶光映苍穹。
神笔绘就山水屏。

昔日滔河①空流东，
今朝点水金银生。
口子小镇②借东风。

2023年7月16日，于十堰市郧阳区梅铺镇鲟鱼基地

①滔河：河名，是流经郧阳区梅铺镇的一条河流，发源于陕西省商南县白鲁础乡白龙洞，是丹江的支流。
②口子小镇：指郧阳区梅铺镇，该镇位于湖北省和河南省的交界处。

眼儿媚·四方山土楼

岁月刻下千疮孔，
满目疮痍景。
经年风雨，苔绿覆瓦，
残垣斜横。

经雪历霜今犹在，
苍颜望春风。
一袭金辉，沐浴朝阳，
涅槃再生。

2020年7月6日，于十堰市丹江口市土关垭镇四方山土楼

生查子·徒增田中趣

遥山罩青岚，东隅空闲田。
风过诸山出，云走田不闲。
猕猴桃苗稚，株株藏勾栏。
徒增田中趣，始悟地如天。

2019年6月22日，于十堰市张湾区黄龙镇回龙村猕猴桃基地

于中好·咏江景台

神笔又绘景中景，
蛟龙起处见云台。
极目烟波浩渺处，
江水尽处白云来。

拾阶上，揽江色，
放目尽收琉璃彩。
荡荡思绪随澜开，
云台汉江两开怀。

2021年6月29日，于十堰市郧阳区汉江北岸观景台

南楼令·十里荷塘

十里送清风,荷满池塘红。
蛙声鸣,荷叶亭亭。
芙蓉园里藏缤纷,清凉处,
峰倒影。

水畈迎飞琼①,驻车问小名。
太平桥②,藏匿三星③。
甜饮菡萏叶上露,戏溪水,
已忘情。

2020年6月23日,于十堰市丹江口市浪河镇黄龙水畈村十里荷塘

①飞琼:仙女名,后泛指仙女,这里指十里荷塘美如仙境。
②太平桥:位于黄龙水畈村武当峡谷上的一座桥。
③三星:这里比喻看罢十里荷花惬意的心情。《诗经·唐风·绸缪》:
"绸缪束薪,三星在天。今夕何夕,见此良人。"后以"三星在天"为
男女婚期之典。

临江仙·纳凉解放林①

问道何处纳凉,寻绿汉江岸旁。
林秀花艳荇绿长。
芢芢泛绿浪,杉林送清凉。

汉水低吟浅唱,林中鸟语花香。
抱水枕绿入梦乡。
南柯一梦醒,黄粱出汉江。

2018年6月12日,于十堰市郧阳区汉江之滨解放林

①解放林:指十堰市郧阳区长岭村汉江之滨的解放军青年林。

浣溪沙·牧歌野风

青山绵延溪水明，
笛弄清风断续声。
牧童吟唱蝉和鸣。

溪边牛仔哞哞叫，
池田野鸭引颈听。
心中个事已随风。

2020年7月25日，于十堰市丹江口市均县镇三里坡村

浣溪沙·沙洲观莲

深埋污泥身乃清，
曲直有节心空灵。
周子①笔下颂清明。

清水芙蓉两相生，
触发世人爱莲情。
何言污泥埋浮生。

2020年8月23日，于十堰市郧西县关防乡沙沟村

①周子：指《爱莲说》的作者周敦颐（字茂叔，号濂溪先生）。

画堂春·游莲花坪①

古寺莲花一湖春,苍苔芙蕖销魂。
瑰丽沧桑亘古韵,今又动人。

昔日沧海横流,今朝桑田一新。
莲花桑果相成荫,古村脱贫。

2022年6月13日,于十堰市竹溪县蒋家堰镇莲花坪村

①莲花坪:村名,位于十堰市竹溪县蒋家堰镇,相传这个古村落曾有一个莲花湖,湖水浩渺,满湖莲花,故得名。1978年定为国家级贫困村,由湖北省水利厅帮扶,在水利厅扶持下打造了莲花湖景观,集现代农业与农旅于一体,摘掉了贫困帽子,被县文旅局定为农业旅游重点单位。

玉连环影·花田酒溪①

何处②。几片花叶居。
酒香荷花,沽酒③花溪语。
大碗端,小盏干。
浮白妄语在溪田。

2020年6月14日,于十堰市房县土城镇土城村花田酒溪小区

①花田酒溪:指房县土城中国黄酒民俗文化村。
②何处:古语中常用来表示时间。唐李白《秋浦歌》:"不知
明镜里,何处得秋霜。"
③沽酒:在市上买酒。唐韩愈《赠催立之评事》:"墙根菊花
好沽酒,锦帛纵空衣可准。"

南歌子·凤堰古梯田①

经年思三秦,安步当车行。
为睹芳容越秦岭。
汉阴山中遥挂水墨景。

临景叹古风,农耕也峥嵘。
谁居盛年旷世功。
漩涡村野代代绘丹青。

2018年4月2日,于陕西省安康汉阴县漩涡镇

①凤堰古梯田:位于陕西省安康市汉阴县漩涡镇,有
"农耕文化活化石"之称。

踏莎行·板壁岩

天公造化,奇趣无限。
形象各异百态鲜。
飞禽走兽呈大观,
疑入奥林匹斯山①。

侧耳寂寥,玄览无桓。
踏步移景醉眼帘。
可叹人间丹青手,
几人绘就板壁岩。

2018年8月27日,于湖北省神农架板壁岩

①奥林匹斯山:山名,又称上奥林匹斯山。
在今希腊北部。据希腊神话,此山为众神所
居之处和宙斯王座的所在地。

蝶恋花·窗前紫薇红

紫薇花拂窗棂处。
含笑不语,馨香洒庭路。
绿叶红芳有情趣,
方寸灵台昆仑去。

何谈岁月太空虚。
煮茶吟诗,把盏论今古。
红花引发千丝绪,
苍翠笑迎洗心雨。

2022 年 7 月 23 日,于十堰城区风情巴黎小区

浣溪沙·青樱桃

青涩娇嫩藏葱茏，
心无邪魅莹莹清。
不谙尘世心朦胧。

面如水洗小碧玉，
娇姿蔽芾①可倾城。
一貌惊收夏日景。

2018年5月14日，于十堰市张湾区汉江路双楼门村

---

①蔽芾(bì fèi)：指茂盛。《诗经·召南·甘棠》："蔽芾甘棠，勿翦勿伐。"

捣练子令·莓园稚童

蓝莓园,芳香地,
稚童拎篮小手起。
采摘蓝莓炼体力,
闲看儿童莓园里。

2020年5月31日,携孙女于十堰市茅箭区营子村蓝莓园
采摘,以此庆祝儿童节

捣练子令·欢乐谷蹦极

凌空跳,心绪动,
欲仙欲死展雄风。
谁道人生无极限,
一跳心轻几分明。

2020年7月10日,于十堰市武当山特区武当山镇欢乐谷

浣溪沙·大岭山翁

貌似蓑公实则仙，
藏匿苍林慎露颜。
描绘梓里绣山川。

弹指了却繁华事，
点化玄妙山水间。
造福桑梓一方田。

2018年7月2日，于十堰市郧阳区茶店镇大岭村

生查子·蜀河古镇

汉江潇潇去,蜀水联楚吴。
杨泗英魂在,小镇匿上古。
莫道偏僻地,神奇多风物。
遁身寻觅去,方解镇中雾。

2019年6月4日,于陕西省商洛蜀河古镇

浣溪沙·回龙夏日

树绿稼茂夏日长，
榆杨倒影入池塘。
偷闲遁入青纱帐。

桃杏枝摆起绿浪，
沃野花果扑鼻香。
农夫笑指十里岗。

2020年5月13日，于十堰市张湾区黄龙镇回龙村

锦堂春·小蚂蚁农场

园内畦畦深绿，曲径几簇低花。
孟夏四野徐风软，花谢果缀架。

一园生气惊喜，沃野又著锦华。
满园翠意惹人醉，欲留日已斜。

2021年6月5日，于十堰市丹江口市六里坪镇小蚂蚁生态农场

蝶恋花·营子蓝莓园

山坳风光聚一处,
营子村内,蓝莓惹人注。
丫槎枝头挂珍珠,
小鸟轻啄枝头物。

宾客园中一趣事,
喜撵珠儿,手口闲不住。
营子村头留乞句①,
一园致富有志趣。

2020年6月9日,于十堰市茅箭区营子村蓝莓采摘园

_____

①乞句:是一种古诗体,又称"吟句",是指在古代诗歌中,作者用
简短的语句来表达自己的思想、感情或意境。清纳兰性德《蝶恋
花·眼底风光留不住》:"断带依然留乞句,斑骓一系无寻处。"

洞仙歌·遇真宫①

仙鹤复来,看仙宫落就。

几经坎坷容仍秀。

水火数度劫,涅槃再生,

仙居中,几经浮沉尚有。

三丰②千年后,寻古探旧。

仙苑巍峨惊君侯。

帝王尊道情,以宫留名,

千年事,民间游走。

遇真宫,葺容再度,

日月同辉,遗留千秋。

2020年7月19日,于十堰市武当山特区武当山镇黄土城村

①遇真宫:明代专为武当道士张三丰修建的,于明永乐十五年(1417)竣工,共建宫殿、斋房97间,清嘉庆年间扩建到396间,占地面积56780平方米,现存33间,南水北调工程将其整体保护顶升,现已竣工。
②三丰:指张三丰,元末明初辽东懿州(今辽东阜新东北)人,名全一,一名君宝,号玄玄子,又号张邋遢。武当道士。

满宫花·杜鹃岭

杜鹃岭，满山艳，花中西施拂面。
芳菲四月花凋残，北山未见韵减。

拾阶上，登顶看，双双俏眉舒展。
苍山有情花枝繁，今朝喜睹芳颜。

2023年6月2日，于十堰市茅箭区茅塔乡东沟村杜鹃岭

点绛唇·走进葡萄园

葡萄园内，串串嫩果挂藤蔓。
栈道穿园，闲客随意看。

巧思善谋，果园成景点。
今又见，空河瘦田，变成金银山。

2023年5月29日，于十堰市张湾区西沟乡葡萄采摘园

生查子·岭南麦子黄

客行阡陌上，岭南麦子黄。
骄阳耀目光，热浪催麦浪。
拍下丰收景，勾起陈年账。
粒粒皆辛苦，切莫忘农桑。

2019年5月25日晨，于十堰市郧阳区安阳镇陈营村

秋韵篇

人月圆·中秋月

明月千古乡关梦,诗酒中秋话。
梓里有家,朋友天涯,桑榆牵挂。

一城灯火,几株桂花,寄情月下。
闲来无事,一壶老酒,泉水煮茶。

2021年9月21日,中秋节于十堰市郧西县安家乡

鬟云松令·楠木寨^①

奇峰秀,棕楠^②稠。
千年尊容,气韵盖松竹。
陶醉楠林忽思酒,
一抒心胸,举盏邀林岫。

三亭雄,湖水幽。
山水相趣,脉脉情相逗。
楠木寨子冠新洲^③,
山似当时,价似当时否。

2022年10月14日,于十堰市竹溪县新洲镇楠木寨风景区

①楠木寨:是国家3A级旅游景区,位于竹溪县新洲乡烂泥湾村。
②棕楠:指金丝楠木。
④新洲:新洲乡。

清平乐·西关印象①

房州②街老，唯独西关潮。
双眼放去接无暇，满帘古景容貌。

梨园酒肆喧嚣，国学诗经滔滔。
一街故事多少，追溯千年细找。

2020年9月23日，于十堰市房县城关镇西关街

---

① 西关印象：位于十堰市房县城关镇，是国家级旅游
休闲街区。
② 房州：古代房县的称谓。

瑞鹧鸪·大沟银杏林

九龙盘会沧山头，
百丈华盖笼浮丘①。
形似莲花千千瓣，
状如螺髻②层层梳。

风雨霜雪五百载，
历冬历夏复春秋。
惯看古今多梦幻，
经年不倦伴客游。

2019年11月14日，与诗友在十堰市茅箭区茅塔乡大沟村

①浮丘：指浮丘公，古代传说中的仙人。
②螺髻：螺壳状的发髻，此处比喻耸起如髻的峰峦。

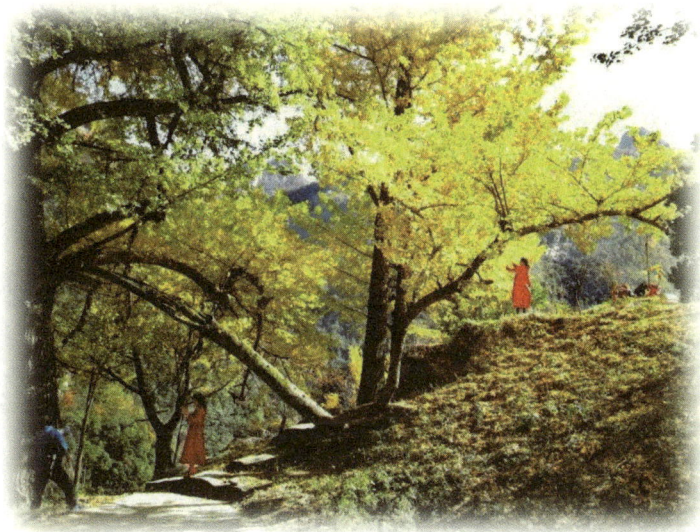

清平乐·秋游西河村①

秋岚烟小,玄览青未了。
水杉茅楼溪水照,又见岸边柳梢。

凭高目断西河,秋意浓染东皋。
溪水凫鸭游鱼,沃田稻粟香飘。

2022年9月20日,于十堰市竹山县擂鼓镇西河村

———————————————

①西河村:位于十堰市竹山县擂鼓镇,是个农旅融合
的新农村。

126

瑞鹧鸪·游沧浪洲湿地

千顷蒹葭沧浪洲，
荡漾丹水穿洲流。
芦花深处藏渔舟，
一行白鹭栖洲头。

闲坐小舟轻摇橹，
岸边断续传丝竹。
与友浮白慢传觞，
忘却人间是何秋。

2017年11月13日，于十堰市丹江口市沧浪洲湿地

临江仙·秋访康家村

走到珠山恰逢秋，微风细雨溪流。
随访诗友掰指数。
三二青山，几片闲云游。

曾记上年仲夏否，山崖悬挂蜂篓。
今年康桥添一景。
半山崖下，蜂农逍遥走。

2021年10月7日，于十堰市茅箭区茅塔乡康家村

眼儿媚·夯土小镇

桃花岛内藏小镇,乡土一小城。
匠心独妙,泥塑如生,古貌古风。

步入古街品古风,遍布泥土景。
瓦罐屏风,原木压井,墙挂辣红。

2020年11月4日,于十堰市竹溪县水坪镇向家汇村夯土小镇

雨中花·小川晚秋

水下云天溪中树，
山峦下，秋色已去。
红杉溪水，鸡鸣犬吠，
黄犊偶相遇。

崎路曲径人少至，
竹篱内，几株魔芋。
断续来思绪，国画一幅，
佳景夺人目。

2021年11月4日，于十堰市茅箭区大川镇小川村

130

西江月·环库公路

秀水藩篱群山，
彩带飘逸两岸。
俊俏勾落千人目，
水浮桥梁云端。

一桥连接千岛，
车辆穿越水间。
一幅动漫养人眼，
千秋诗画谁献。

2018年10月29日，于十堰市丹江口市环库公路

浣溪沙·小村秋景

柴门犬吠山野静，
三二农人田中耕。
畦畦菜蔬伴金风。

浅绿淡黄出格调，
萝卜小葱调心情。
心态好时处处景。

2021年10月29日，于十堰市张湾区汉江路街办刘家沟村

眼儿媚·陈营稻香

陈营稻香一地金，江畔熠熠辉。
金滚浪翻，葶直稻弯，流香潆洄。

驱车欲买一场醉，稻香沁脾胃。
沉迷田野，寻觅秋声，不醉不归。

2021年10月11日，于十堰市郧阳区安阳镇陈营村

踏莎行·游肖家河村

游翁归迟,满眼忘神,
古窑古井路人。
千年逝去古韵在,
麇国①遗风相与存。

村落貌新,农家酒醇。
汉水绕村出韵。
小康梦景今成真,
文旅齐飞惠村民。

2020年9月16日,于十堰市郧阳区五峰乡肖家河村

①麇国:始建于3300年前,灭于春秋。建都锡穴,即今
五峰乡肖家河村,现存古墓69座。

鹊桥仙·东沟秋荷

观花亭上，无尘无燥，放眼一池秋韵。
绿罗宝盖碧玉莲，翠浪里，摄人心神。

去年来时，翠池红粉，今朝却晚光阴。
夏时荷花秋时莲，谁之美，爱莲可吟。

2019年8月30日，于十堰市茅箭区茅塔乡东沟村

风入松·水漫十七孔桥

碧波秋水江岚青，
水漫十七孔。
金风吹皱湖水平，
南湖中，渔舟钓翁。
昔日水瘦地闲，
今朝渔歌飞声。

南湖妙处出芙蓉，
荡舟无飞鸿。
烟波渺渺飘琼影，
雨初霁，时现彩虹。
落霞孤鹜齐飞，
秋水长天同景。

2017年10月21日，于十堰市郧阳区柳陂镇南湖十七孔桥

清平乐·南山菊黄

季秋南山,沟壑缀菊华。
汉水忽现隐逸花,彩带缠绕山洼。

菊花南山争艳,荒丘涅槃金山。
一隅萧瑟云烟,小康梦圆花前。

2021年9月15日,于十堰市丹江口市六里坪镇小蚂蚁农场

137

好事近·水稻熟了

放眼青草坪,满目金色如此。
再看稻田掀浪,写出惊喜字。

数里贡米成珍珠,方知田中趣。
一腔情许双竹^①,田者留乞句。

2022年9月15日,于十堰市竹溪县中峰镇青草坪村贡米基地

①双竹:是竹溪贡米的品牌。相传在古代,此地稻米每年进贡给朝廷。

卜算子·千年木瓜树

一树千年景，林萧百鸟静。
唯有侠客孤影行，探寻古树容。

峰高藏猛兽，树高栖雄鹰。
蜗步换得头顶天，一抒来时兴。

2019年11月19日，于十堰市茅箭区茅塔乡大沟村

广寒秋·天河口

一江一河,两水相拥,
水边浮出山岳。
金山玉水相辉映,莫道是,
天然璧合。

昔日两岸,寒乡薄村,
今朝丰果花骨。
佳景又遇盛世至,还数咱,
风流人物。

2020年9月1日,于十堰市郧西县观音镇脂肪沟村天河口

浣溪沙·游五龙果茶场

山下溪水潺潺去，
山腰白云悠悠转。
俯瞰茶山层层田。

五龙①灵秀山水间，
秋山茶香伴青岚。
妙品雀舌②似神仙。

2019年11月22日，考察十堰市茅箭区茅塔乡大沟村

①五龙：指大沟村五龙果茶场。
②雀舌：茶名，以嫩芽焙制的上等茶。

浣溪沙·游擂鼓镇

古来擂鼓兵家争，
壮士守疆唱大风。
塑像栩栩颂英雄。

一曲战歌迎旭日，
万里河山战旗红。
沃野迥岫留英名。

2022 年 10 月 2 日，于十堰市竹山县擂鼓镇

浣溪沙·古村新韵

秋韵篇

山风渐高四野凉,
地籁悄然唱山乡。
偶遇一村惊俗光。

他年篱落鸟语稀,
今朝路宽人熙攘。
寂寞荒村变画廊。

2019年11月6日,于十堰市茅箭区大川镇浪溪新农村

SHANXIANG CUNYUN

寻芳草·树下听秋声

银杏叶瑟瑟,秋风寒,蝉匿荷残。
苍山犹近远,七彩尽染斑斓,秋韵添。

时光苦匆匆,去无声,似水流年。
黄叶间,秋颜佯狂^①嗔,丝丝清音绕山。

2018年10月4日,于十堰市茅箭区大川镇浪溪古银杏树下,
有感于老年葫芦丝乐队狂欢

①佯狂:装疯。《荀子·尧问》:"然则孙卿怀将圣之心,蒙
佯狂之色视天下以愚。"

清平乐·穿行茶树沟

阳光远山,林萧杂音远。
潺潺小溪曲流缓,寂寥可数人言。

耳闻八荒寂静,玄览四野无阑。
谈笑一任深浅,身轻更兼心闲。

2018年11月26日,于十堰市张湾区车城路街办茶树沟村

广寒秋·显圣殿

寺观楼空，神龛香冷，
殿前高耸云观①。
玄览②圣殿红楼里，
谜团投向何圣贤③。

殿墙飘红，檐角交臂，
仰视山崖衔殿。
军马河水绕殿来，
忽听清音唤遥山。

2020年9月18日，于十堰市房县军店镇下店子村显圣殿

①云观：宫殿门前所建高台上的楼观。因其高耸，故称。
②玄览：深察。汉张衡《东京赋》："睿哲玄览，都兹洛宫 。"
③谜团投向何圣贤：此句意为谁在显圣殿显圣至今说法不
一，是个谜团。

清平乐·东沟村

沟壑叠翠，农舍藏山腰。
秋已老林仍妖娆，七彩涂染树梢。

溪水内鱼欢跃，山坳下猕猴桃。
野菊水杉环绕，忘却初冬将到。

2019年10月16日，于十堰市张湾区西沟乡东沟村

江城子·滔河水库

滔水悄悄过西洲①。水静流，一库收。
白云斜阳，情洒西河头。
晚秋恰恰晴方好，花虽凋，草木秀。

库水粼粼传鸥鸣。水深处，鱼虾动。
水上凫鸭，水下鱼游走。
史赞大禹治江河，看今朝，更风流。

2020年10月9日，于十堰市郧阳区南化塘镇滔河水库

①西洲：南化塘镇滔河水库下游西侧河洲。

生查子·秋访沙洲村

秋色入沙洲，已到村东头。
泉边银杏黄，山道菊花瘦。
千年古树旁，小村添新楼。
言笑田间事，把酒黄昏后。

2019年10月18日，于十堰市张湾区西沟乡沙洲村

SHANXIANG CUNYUN

149

忆江南·房州古镇

古镇里,深巷藏故事。
步梯蛙井实数奇,
纵目深巷奇如织。
拴目步履迟。

千年事,岁月有谁知。
上古今世转瞬间,
涅槃因果抽新枝。
诱发人深思。

2020年9月9日,于十堰市房县军店镇军马村房州古镇

江南·游老屋民俗

秋去也,人在黄龙①东。
别苑洞天又一重。
长河湾②里送落红,田园物语兴。

客来也,闲坐长廊中。
妙品雀舌碧螺春。
梦里桃源梦外景,心与此境同。

2020年10月15日,于十堰市张湾区西城开发区草店村
张家老屋

①黄龙:地名,位于张湾区境内。
②长河:指长河湾景区,位于张湾区西沟乡。

采桑子·小院轧井

七里偶遇惊回首，
轧井水头。
古法解忧，
祖先睿智解千愁。

小院一景千古留，
走冬经秋。
井水依旧，
门前轧井汩汩流。

2020年8月27日，于十堰市经济技术开发区七里社区

浣溪沙·农家小院

又向鲍花那畔行，
金风断续鸟无声。
晚秋农家显冷清。

躬身小院有一景，
原是芥菜凉席棚。
此物勾起故园情。

2021年11月2日，于十堰张湾区花果街办鲍花村

153

望江南·汉水飞虹

水花动,彩带缚江龙。
素天闲云和秋声,
静水纹鳞落飞虹,忽现瑶池景。

细浪碎,落虹波纹中。
汉水粼粼闪倩影,
一江秋水盛温情,飞虹留芳馨。

2018年10月12日,于十堰市丹江口市参观北京对口援建的汉江彩虹桥

江南·金色晚霞

火欲燃,落霞染山川。
一抹红晕铺霄汉,
倩魂销尽夕阳前①。
今夜枕无眠。

极目间,飞鸟衔云还。
孤芳不羡云霞暖,
独慕彩云落长天。
晚情洒赤县。

2018年10月11日,于十堰市张湾区黄龙镇斤坪村

① 倩魂销尽夕阳前:引自纳兰性德《浣溪沙·谁道飘零不可怜》。

瑞鹧鸪·又见莲花寨

四十年前登云山，探古寻幽古寨前。
断梁破壁碎瓦砾，只见溪水不见莲。

瞬间花甲岁月过，再度寨前寻经年。
山寨巍峨莲花现，游客络绎呈大观。

2019年10月21日，于十堰市郧阳区鲍峡镇莲花寨

鹤冲天·游走茶树沟

游走沟壑，蜗步苍山上。
先祖遗清友①，飘茗香。
随心荡漾故，脚下走云踏浪，
放嗓高声唱。
任性释放，四野唯我癫狂。

曲径幽幽，崇阿藏画廊。
虽无仙苑居，乃清凉。
望断山野路，丹青道，绕云上，
隐身山一隅。
抛却浮名，把盏与友举觞。

2019年9月21日，于十堰市张湾区车城路街办茶树沟村

①清友：茶之别名。

浣溪沙·四方山赏菊

四方山中日渐斜，
秋深林秀染晚霞。
独步菊展赏黄华①。

芸芸众生青睐菊，
此花开尽更无花②。
梅兰竹菊唯喜她。

2020年11月2日，于十堰市四方山菊月菊展

①黄华：菊花的别称。
②此花开尽更无花：引自唐元稹《菊花》："不是花中偏爱菊，此花开尽更无花。"

秋水·绿谷赏花

仙山秀水画一轴,书长卷,人陶醉。
花朵相依偎,长坡尽处,
只见那,繁花紧连青翠。
闲坐花间独小憩,双眼仍游弋,
花间潺潺溢秋水。

江边海鸥声脆,白鹭飞起,轻击水碎。
江水拂芦苇,层层微浪,波纹动,
水下波斯花底。
一幅油画眼前起。
游客络绎,同领略,绿谷趣景滋味。

2020年11月12日,于十堰市郧阳区安阳镇青龙村汉江绿谷

临江仙·环库行

驱车环库听江语,金风吹送天涯。
江水北上京城下。
幻梦成真景,风物惊华夏。

惬意日子揽景色,此山此水入画。
秋山秋水携彩霞。
夕照迎明月,银河落江花。

2021年10月1日,于十堰市丹江口库区小环线

南乡子·扶贫小景

两眼对荒丘,一泓溪水村边流。
曾是茂盛龙泉①地,何故,
野花乱草满山头。

兴业等闲路,嫁接项目靠运筹。
莫负韶华几个秋,稍后,
变成金山银满楼。

2020年11月13日,于十堰市郧阳区谭家湾镇龙泉村

———————————————

①龙泉:指龙泉村。该村是十堰市委组织部和市委
老干部局扶贫点。

清平乐·凉水河

云祥风和，蓬农挨云朵。
葭花摇曳云抚摸，忽见小村一角。

溪水岸柳野鸭，步道绿地芦花。
谁道村野荒芜，小镇村景入画。

2021年10月21日，于十堰市丹江口库区凉水河镇

踏莎行·游沿江公园

雾霾退去，又现浓妆，
江畔掀开画廊。
秋色染红游步道，
江景悬挂绿崖上。

一缕秋阳，融入熙攘，
汉江号子又响。
忽闻右岸竹啸声，
又见白鹭游汉江。

2017年9月29日，于十堰市郧阳区汉江北岸

浣溪沙·武当道菊

拔云撩雾现畦垅，
忽见珞璜一丛丛。
疏垅流金趣未穷。

秋遗余香万人宠，
花开不并百花丛①。
欲用金樽吻花容。

2017年11月9日，于十堰市武当山特区武当山道菊基地

①花开不并百花丛，引自宋郑思肖《寒菊》："花开不并百花丛，独立疏篱趣未穷。"

醉东风·樱花岛

岛幽水静，盘龙戏金凤。
粼粼碧水露多情，水抱花叶与共。

亭阁倒影入河，撩动鱼群起波。
薄岚轻罩涧壑，疑入瑶池莲座。

2020年10月13日，于十堰市房县姚坪乡庆口村桃花岛

渔家傲·江中渔舟

江面轻舟浅噬水，
云天摇曳白鹭飞。
忽闻渔翁口哨催，
浪花里，
鹭鸶水底衔鱼归。

渔翁轻撒水网衣，
满舱鱼虾一网回。
舟载欢乐融笑里，
渔歌飞，
余音袅袅洒船尾。

2017年10月23日，于十堰市丹江口市六里坪镇蒿坪村

好事近·秋风拂金色

四野沐金风,消受秋日时节。
已过秋孟①大半,拥橙色明月。

玄览沃田流金动,注目何轻别。
拟把赏秋兴致,用手机诉说。

2020年9月11日,于十堰市房县军店镇下茅坪村

①秋孟:孟秋,指农历七月。唐元稹《旱灾自咎贻
七县宰》:"六月天不雨,秋孟亦既旬。"

167

画堂春·枣林蜂之谷

高山低水画一帧，
满山蜂巢销魂。
一村一品富乡民，
枯木逢春。

蜂谷成就枣林，
穷乡僻壤脱贫。
游走蜂谷赋诗吟，
景押诗韵。

2022年9月22日,于十堰市竹山县擂鼓镇枣林村

生查子·空山芙蓉

遥看山色青，近听潺潺声。
一池莲花在，喜悦油然升。
闲步绿色中，一股幽香清。
荷盅击双目，芙蓉惹心动。

2022年9月13日，于十堰黄龙滩国家湿地公园

踏莎行·谭口秋景

天蓝如水,山色如练,
河岸淡烟疏柳。
山上果实挂枝头,
田园稻菽呈彩绣。

韵碾画轴,手机拍就,
沿途景色尽录。
一幅江山富春图,
绘就乡关开心路。

2022年10月1日,于十堰市竹溪县新洲镇谭口村

清平乐·龙泉①红叶

阳月叶红，驾车觅峻岭。
血染霜叶层叠峰，黄栌小檗红枫。

崇阿溪水倒影，田禾花畦银杏。
良月霜天秋声，云蒸霞蔚坤灵。

2022年11月9日，于十堰市郧阳区谭家湾镇龙泉村

①龙泉：村名，2019年被国家林业和草原局命名为国家森林乡村。

南楼令·叶湾秋色

古村满山秋，候鸟闹枝头。
村居旁，冬柿红透。
五彩斑斓染林岫，虽晚秋，
韵没走。

青蔬小畦稠，田夫锄禾沟。
阡陌路，肥水沃土。
乡翁村妪语不休，镜头内，
幸福图。

2022年9月14日，于十堰市张湾区红卫街办叶湾村

浣溪沙·方滩行

天穹晴寒萧瑟风，
农家篱落澹烟中。
鹊登枯枝柿子红。

万山林岫曲径幽，
玄览四野与云通。
坤舆幽处闲人行。

2022 年 10 月 29 日，于十堰市张湾区方滩乡

浣溪沙·烟墩梓村①

一股清流润山川，
三两山丘抱沃田。
村居藏匿云雾间。

山野凹地土生烟，
畦畦兰叶香风暖。
瘦水空山变金山。

2022年10月3日，于十堰市竹山县擂鼓镇烟墩梓村

①烟墩梓村：村名，此村原是国家级贫困村，国家实施精
准扶贫政策，由国家烟草专卖局对口帮扶，发展烟叶、茶
叶等致富产业，属以业兴村的典型。

SHANXIANG CUNYUN

减字木兰花·山舍猫居

奇居惹眼,深山寻猫已近晚。
寻觅猫居,猫居藏匿山脚处。

此居鲜见,无鼠睡猫显悠闲。
世人惊叹,珍惜生灵回自然。

2021年9月2日,于十堰市茅箭区茅塔乡王家坪村山舍猫居

临江仙·邂逅元和观①

大岳武当林海蔚，藏匿元和仙名。
经年追寻不知形。
深山隐其容，卧观遥山星。

容颜已逝沧山上，惯看寒月秋风。
今朝邂逅喜相逢。
古今多少事，却在不意中。

2020年9月26日，于十堰市武当山特区武当山镇元和观村

①元和观：位于武当山麓，距遇真宫约500米，原名"元和迁
校府"。传说真武曾"领元和迁校府职"，故名。

浣溪沙·石鼓柑橘

一山绿色缀金黄，
万顷碧波映橘光。
绿水青山两相彰。

昔日荒岑乱草芒，
今朝金果扑鼻香。
石鼓小镇沐韶阳。

2023年10月18日，于十堰市丹江口市石鼓镇汉江岸边

临江仙·探访回龙寺 [1]

淡淡西风凋零钟,寺内金鼓匿声。
冷月清风寺院净。
松竹空院里,只留山岳影。

千年逝去如一梦,古寺虽在人空。
闲游此处探幽景。
古今多少事,转眼已随风。

2020年8月29日,于十堰市茅箭区武当路街办西坪村瞿家湾

---

[1] 回龙寺:位于瞿家湾的小山上。因寺旁有井两眼,如龙双睛,寺前马家河纡曲萦绕,似龙回游,故名。

鹊桥仙·秋游岳竹村

山上葱茏,村内林荫,几幢白墙小楼。
楼上楼下挂玉米,房前屋后瓜果熟。

乍闻犬吠,偶听鸡鸣,岳竹年丰人寿。
昔日绿水绕村走,今朝浇灌幸福路。

2021年9月13日,于十堰市张湾区西沟乡岳竹村

醉桃源·岛村^①

青山绿水嵌仙苑。画帘挂江间。
韩湘一曲绕舒山^②。听醉江中船。

水渺渺，人寥寥。鹧鸟树杪啼。
小村隐入碧波里。守水八仙力。

2023年9月20日，于十堰市丹江口市牛河镇舒家岭村

———————————————

①岛村：舒家岭村，因四面环水，故名岛村，是南水
北调水源地。
②舒山：山名，位于舒家岭村。

生查子·山道孤行

古道形影只，眈目沧桑至。
绻坐古树下，抬眼望秋事。
谁与心共鸣，唯有树蝉知。
来日捉趣事，煮友谁可炙。

2018年8月30日，于十堰市张湾区老虎寨古道

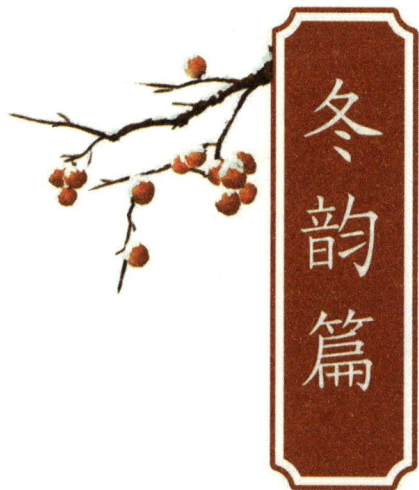

冬韵篇

浣溪沙·山村变了样

溪水疏居数畦花，
叠山矮楼乳雪①茶。
白云生处有人家。

阳和启蛰乃生发，
品物皆春心景佳。
村韵悠悠甲天下。

2022年2月10日，于十堰市竹溪县中峰镇甘家岭村

①乳雪：一种优质茶叶。

点绛唇·聚贤庄

小庄别苑，昔日熙攘贤达多。
旧影绰绰，宾朋无孤酌。

沧桑几何，别绪小庄客。
信步度，斜阳山脚，村边梅几朵。

2019年12月22日，于十堰市茅箭区茅塔乡廖家村聚贤庄

清平乐·元和观民宿

古风雅韵,元和民宿此一处。
村落隐约人无语,疑是千年旧居。

古树古井古屋,小桥流水游鱼。
一村奇葩异景,尽显清风雅趣。

2020年12月8日,于十堰市武当山特区武当山镇元和观村

临江仙·吕家河村①

秦谣②化入山中河，
代代经久传流。
阡陌一路撒村讴，
山上山下，民歌缓缓走。

年年三月轻歌漫，
今朝唱向深秋。
民谣经自绕云头，
袅袅村烟，
支枕听歌游。

2020年12月30日，于十堰市丹江口市官山镇吕家河村

①吕家河村：村名，又名吕家河民歌村。吕家河民歌被列入第二
批国家级非物质文化遗产名录，故该村被誉为湖北省民歌村、中
国民歌第一村。
②秦谣：指战国时期秦国歌谣。相传秦朝相国吕不韦流放至此
时，把秦谣带入。

南楼令·湖北关

湖北壤秦川,雄关踞鄂陕。
秦时关,战火连天。
夕为疆土筑城垣,留遗迹,
史可鉴。

今朝商贾通,鄂陕亲无间。
沐春风,花开春暖。
一片温情去春寒,望雄关,
添新颜。

2021年2月22日,于十堰市郧西县湖北口回族乡湖北关

188

点绛唇·崖壁蜂场

岩峭壁坚,寂寥空山万箱悬。
群居崖间,辛苦只为甜。

穿花走险,终日未得闲。
苦中乐,采花酿蜜,风光它占先。

2019年12月21日,于十堰市茅箭区茅塔乡康家村岩壁蜂场

河传·肖家河①

麇国,古都,汉水环。
断壁残垣赋闲,目睹千古金不换。
春日,应追轻梦还。

踌躇江边观潮事,皆不是,
遥想麇国事。
一团雾,罩今古,满苑故事谁叙述。

2020年1月14日,于十堰市郧阳区五峰乡肖家河村

----

①肖家河:在汉江天河口岸边,是古麇国国都遗址。

于中好·一天门

望秦护楚一天门，
自南向北云中立。
亘古一条瘦马道，
而今坦途车流急。

天杳杳，水依依，
孤山芳树有鸟啼。
千仞脚下宝蓝溪，
总惹游人难别离。

2021年2月19日，于十堰市郧西县官防镇一天门村

疏影·回龙元雪

遥山深处,氤氲湿花影,云雾罩住。
田园脚下,溪水冬韵,村舍浅敷银缕。
舒坦一笑心释然,这一刻,放歌吟诗。
七曜日,旦见空阶雪舞,午晴有据。

虽是冬来寂寞,但雪花飘飘,调人情绪。
北风严寒,饮酒煮诗,增添雅趣些许。
北风吹打萧瑟树,元雪至,添了情趣。
携友人,踏雪回龙,写下惬意句。

2021年12月26日,于十堰市张湾区黄龙镇回龙村

谒金门·郧阳岛

郧阳岛,碧水连天晴晓。
云浮镜面水未了,玄览意飘飘。

一水画就妖娆,岛内故事多少。
驻足岛上情思高,诗兴寄云霄。

2020年1月19日,于十堰市郧阳区柳陂镇山根前村郧阳岛内

生查子·暮达汉江

携友故乡路，闲步汉江旁。
一江清流至，扑鼻水乳香。
放眼江渚上，白鹤踏波翔。
目随大江流，心中现四象[①]。

2018年12月25日，随友暮游十堰市郧阳区汉江北岸

①四象：指春、夏、秋、冬四时。体现于卦上，则指少阳、老阳、少阴、老阴四种爻象。此处借指江中四季的景象。

浣溪沙·高家花屋①

庭院阑珊空巢燕，
燕垒空梁画壁寒。
车水马龙已去远。

飞阁流丹堂黄颜，
雕梁画栋楹桷残。
涅槃再度话古贤。

2022年2月26日，于十堰市竹山县竹坪乡解家沟村高家花屋

①高家花屋：一座清朝建筑，占地约2000平方米，2019年
入选第八批全国重点文物保护单位名录。始建于1810
年，竣工于1840年，历时30年，现保存完好。

蝶恋花·如意岛

又到汉水回流处。
日暖梅香，踏遍岸边路。
碧水衰草两相趣，
几只白鹭戏江渚。

登岛惬意心成曲。
冬日临登，恰遇梅几枝。
举机拍景意难抒，
千古一处留诗句。

2021年1月24日，于十堰市丹江口市三官殿镇蔡家村

寻芳草·小村渔民

侨居①江边客,水相伴、
与鱼唱和。
扬手笑江河,
魂系水下密网,轻舟过。

时去日匆匆,似流水,
水花几朵。
船中人,手起垂丝②堕,
诉说水中岁月。

2020年1月7日,于十堰市丹江口市六里坪镇马家岗村

①侨居:寄居他乡。马家岗是南水北调移民居住区。
②垂丝:钓鱼用的丝线,这里指渔网。

浪淘沙·龙泉山水

寒山雾绵绵，冬景阑珊。
湖面氤氲水下暖。
谜藏银镜洞天，鱼儿贪欢。

凭栏俯身看，满目奇观，
如镜湖水起微澜。
风吹云起春动，金山银山。

2020年12月10日，于十堰市茅箭区龙泉山

渔家傲·杨溪渔村

汉水摇曳江碧蓝,渔村孤影舞千帆。
仿佛一舟泊港湾。
烟雾间,渔夫撒网摇小船。

村舍静坐江水边,犹如桃源云水间。
修仙之地度经年。
隐谧处,岁月静好人悠闲。

2021年12月1日,于十堰市郧阳区杨溪铺镇渔村

蝶恋花·游鲍花村

村居若隐杉林内，
溪水桃林，枫叶遮蔽芾。
移步换景沟壑魅，
阁楼亭榭山脊缀。

昔日荒丘山脊瘦，
空河干沟，田园西风渡。
今日得沐春风雨，
一往情深深几许①。

2019年12月2日，于十堰市张湾区花果街办鲍花村

---

① 一往情深深几许：意为对人或事物倾注了很深的感情向往而不能克制，引自清纳兰性德词《蝶恋花·出塞》："一往情深深几许？深山夕照深秋雨。"

蟾宫曲·雪访梅花谷

山河银装素颜，
片片湿花，拂尘洗面。
沟壑一新，天地同色，
何见远山。

户外跋涉，赏雪心亦然，
放眼冰雪，拾步站高巅。
冰封雪冻，谁知冷暖，
梅花笑言。

2018年1月26日，于十堰市竹山县文峰乡梅花谷

清平乐·阳月叶红

阳月叶红,思绪从谁托。
眺望太和①云漠漠,忽现仙楼一角。

已到从心之年,喜怒过眼云烟。
偶遇仙家胜景,景随心境蹁跹。

2021年12月11日,于十堰市武当山特区太极湖

①太和:太和山,即武当山。

唐多令·青龙山

深山藏奇闻,恐龙遗红尘。
是年年,后人可钦。
沧海桑田今找寻,峰顶处,遗迹存。

恐龙蛋稀珍,身价惊世人。
藏匿处,深掩重门。
千年遗迹今重现,遂人愿,适逢春。

2020年1月22日,于十堰市郧阳区柳陂镇青龙山村恐龙蛋化石群遗址

清平乐·乡村暖阳

和风暖阳,送来清幽香。
畦畦麦苗绿行行,乡村幢幢楼房。

一渠溪流潺潺,浣娘笑撒溪旁。
谁抚天公笑脸,情满阡陌垅上。

2018年12月16日,于十堰市郧阳区南化塘镇郑家村

生查子·廖村枫柳

枫柳荫廖渠①,阡陌路参差。
千古风流貌,仍露婀娜姿。
村烟绕柳枝,步云袅袅去。
回味廖村事,怀柳已忘渠。

2019年12月9日,在十堰市茅箭区茅塔乡廖家村遇800
岁枫柳

①廖渠:是廖家村一条古渠,相传修建于清朝末年。

海棠月·沧浪①寒梅

雪染秀颜冰花结,浸寒香,一爿腊木地。
岁末湿花,雪中梅,清香幽味。
登寒处,索笑寒梅已矣。

与友更拥雪中梅,虬枝斜,暗香疏影坠。
举目小注,躬身近,幽幽香气。
天赐也,一园寒梅含翠。

2022年12月26日,小雪,于十堰市郧阳区沧浪山国家森林公园

①沧浪:沧浪山国家森林公园,位于十堰市郧阳区境内。

浣溪沙·运河沙

半江河山半江船，
波澜起处有金山。
堵河①汉水交汇欢。

一半辛苦一半甜，
谁主彩带舞蹁跹。
船歌声声唱余年。

2021年1月29日，于十堰市郧阳区柳陂镇辽瓦店子村汉江岸边

①堵河：汉江支流，又名武陵水，亦名庸水、陡河。

唐多令·故事村①

盘坐听古今，
轶趣身边闻，年复年，
梦断黄昏。
妇孺老幼口若簧，
陈秋夏，复冬春。

道上古鬼神，秀今朝花锦，
人间事，尽在口门。
渲图②红尘道真谛，
警诸君，醒后人。

2020年元月10日，于十堰市丹江口市六里坪镇伍家沟故事村

———————————————

①故事村：指丹江口市六里坪镇伍家沟村，伍家沟民间故
事2006年入选第一批国家级非物质文化遗产名录。
②渲图：此处指讲故事的人渲染气氛。

菩萨蛮·清凉寺村

寺庙隐退韶光在，
七龙①盘绕小村寨。
两山相成趣，
一泓聚金屋。
荒丘已蝉蜕，
山水价不菲。
苍山白水贵，
坤舆沐春晖。

2021年12月4日，于十堰市郧阳区杨溪铺镇清凉寺村

---

①七龙：指七龙山，位于清凉寺村后方。

浣溪沙·冬访桃花岛

万绿丛中几点红，
千畦冬桃惹心动。
岛外萧瑟岛内景。

一缕冬阳泻岛中。
十里芳流洗心境。
登岛方觉心空灵。

2020年10月22日，于十堰市竹溪县水坪镇水坪村

重叠金·天台山

梯次换形上云端，
峭壁脚下仙河①还。
一柱擎云霄，
傲视群山小。
峰顶飞鸟绝，
崖下罅隙窄。
秀色在险峰，
攀登仍从容。

2021年2月25日，于十堰市郧西县湖北口回族乡三天门村
天台山

①仙河：河名，位于天台山下的一条河流。

疏影·汉江红梅

汉水流处,水下铺红影,
素颜已去。
春风吹拂,鳞纹微动,
一江红韵巾缕。
春心倾注红梅颜,皓眸展,
神魂凝聚。
春韵里,细品堤畔红颜,神已无据。

正是冬去寂寞,却红梅展颜,
助人情绪。
忽暖乍寒,春意悄然,
唯见红梅独舞。
春风拂动花儿开,红花下,
虬枝如许。
览此景,诗句折来,可是留芳句。

2021年2月8日,于十堰市郧阳区城关镇五阳岭村

212

寻芳草·冬走骡马沟

罗马栈道上，何萧瑟，五彩迎和。
与友伴笑道，轻车寻觅萧瑟，远寂寞。

驾车景去匆匆，时不待，思绪良多。
夕阳下，轻足罗马路，忽见丽山秀河。

2019年12月18日，于十堰丹江口市官山镇骡马沟村

浪淘沙·安家河冬景

萧瑟去又还,河景阑珊。
粼波荡漾林木寒,
瑟瑟北风吹不尽,远去遥山。

山花忆春天,等待烂漫。
两岸银杏话冬闲,
待到来年金风还,山水灿烂。

2020年12月6日,于十堰市郧西县安家乡安家河

天仙子·赞古柳①

千年苦修终成仙，
万群苔藓根茎染。
天地精华聚根盘，
福佑地，护村院。
小村因柳声名远。

2022年11月6日，十堰市张湾区大西沟乡西沟村

①古柳：学名枫杨。

瑞鹧鸪·南湖残荷

残荷枯韵倾池塘，
偶感轮回忆思长。
曾经楚楚风采动，
如今淡对池边郎。

由来只观荷间花，
几人独赏枯叶香。
搭目残荷细思量，
气韵通达仍留芳。

2018年12月13日，于十堰市郧阳区柳陂镇南湖

216

浣溪沙·西河冬景

金风摇曳枯叶落，
黄叶轻拂路边客。
山林萧瑟黄草多。

一点禅灯半轮月①，
长夜又添寂寞河。
时序轮回叹蹉跎。

2020年11月7日，于十堰市郧阳区南化镇西河水库

①一点禅灯半轮月：引自明王稚澄《立冬》："一点禅灯半轮月，今宵寒较昨宵多。"

浣溪沙·大柳初冬

瑟瑟枯叶随风坠，
倦怠秋声绻缱归。
遥山点红在等谁。

枯枝悬吊红如意，
寒山野趣君可追。
拾得清欢抱春回。

2018年11月11日，于十堰市郧阳区大柳乡

重叠金·十八盘

登顶俯瞰十八盘，
一条彩带舞蹁跹。
千山一带收，
沟壑与万丘。
公路挂峭壁，
幻境在画里。
亘古险隘口，
今朝驾车游。

2021年1月18日，于十堰市郧西县湖北口民族乡坎子村

浣溪沙·九龙瀑喊泉

玄览四野人迹罕，
树上宿鸟秀缱绻。
林下走禽晒悠闲。

空谷寂寥几人见。
一鸣惊醒地下泉。
峰鸣水啸八荒欢。

2018年11月4日，于十堰市郧阳区大柳乡九龙瀑喊泉

浣溪沙·酒园豪饮

举觞高歌且放量，
饮尽琼浆又放狂。
红尘闲事何须想。

忘忧随卧亦舒畅，
且拥春风入梦乡。
再邀神仙醉一场。

2020年2月5日,于十堰市武当山特区武当
山镇民俗酒业园

南乡子·游宇翔生态农场

西岛江岸栖，江边沟壑果木齐。
足踏小岛极目望，高低。
锦帛盘龙十里地。

猪鸭犬鹅鸡，蹒跚棚烟归路迷。
举目栏栅时近远，东西。
场在百家农耕里。

2021年1月31日，于十堰市郧阳区柳陂镇黎家店村西岛宇翔家庭农场

生查子·游农耕采摘园

丹水映日红，黄昏亦从容。
携友山野地，闲步看农耕。
春来百枝发，林下鸡鹅鸣。
远避喧嚣地，愿做田舍翁。

2021年1月17日，于十堰市丹江口市三官殿镇蔡家村农
耕采摘园

瑞鹧鸪·武当玄岳之光

碧空星河欲下来，秋风吹月登楼台。
城河岸柳宫院绕，火树银花今夜开。

仙家笙箫声慢慢，武当功夫影徘徊。
愿借此地抒情怀，灵动仙山绽溢彩。

2020年12月1日，于十堰市武当山玉虚宫武当之光灯光秀现场

清平乐·登武当太和塔

仙歌和风,云淡长天清。
望断汉江千重浪,小舟轻摇塔动。

茫茫静流吟诵,又听石鼓金钟。
谁说空门无影,塔留旷世尊容。

2018年11月20日,于十堰市武当山太极湖武当太和塔

浪淘沙·金沙坪

九曲十八湾,野林荒山。
白水苍颜数千年。
世代黄梁一梦牵,长梦今圆。

南山满眼绿,北山灿烂。
溪水漂流两岸欢。
今沐春风成一处,金山银山。

2020年11月16日,于十堰市武当山特区武当山镇金沙坪村

浣溪沙·牧羊人

身向云山那畔行，
北风吹来咩咩声。
羊倌嗨歌黄草动。

经守群羊度余生，
心中苦乐总关情。
半是心声半是风。

2021年1月17日，于十堰市张湾区汉江路街办
七里垭村

西江月·登峰舒兴

雪景惹人陶醉，
更兼湿花红梅。
近来品读诗词赋，
哪有此景韵味。

大寒携酒观景，
呼友不醉不归。
人生当浮三大白，
酩酊难得几回。

2019年1月20日,于十堰市城区牛头山国家森林公园
高峰寺观雪

228

谒金门·乡愁何少

滔水蓝,水洗云天清晓。
碧水苍山青未了①,冬阳孕春草。

梦里乡愁可少,轻车找回发小。
山庄柴扉静悄悄,梓里②何处找。

2020 年 1 月 20 日,己亥年腊月廿五日探访郧阳区梅铺镇梅铺
村,坐落在滔河岸边的老家观洼自然村

① 青未了:引自杜甫《望岳》:"岱宗夫如何,齐鲁青未了。"
② 梓里:故里,故乡。

清平乐·记忆如许

记忆如许,历经风和雨。
惊呼空山无人语,梦在何处蛰居。

连绵群山沃岗,遗落村居旧样。
昨日春风掀窗,随风抛弃凄凉。

2019年12月19日,于十堰市郧阳区胡家营镇白塔村移民旧居

临江仙·武当大明峰

一柱千年揖大顶，寒山清修成仙。
栈若白练舞峰峦。
祥云降玉阶，和鸣①太和山。

九曲桥下藏玉泉，甘泉通灵涓涓。
一山一水养眼帘。
潜身玄妙地，释怀心怡然。

2019年12月15日，于十堰丹江口市官山镇骡马沟村大明峰景区

①和鸣：相互应和而鸣。《诗经·周颂·有瞽》："喤喤厥声，肃雍
和鸣。"

瑞鹧鸪·三国古战场

回溯千年战马酣，
羽扇纶巾笑东吴。
今朝踏足硝烟地，
恍若隔世心已古。

自古王道多战事，
荡平狼烟泯江湖。
千年故事成一处，
万般风景引人注。

2018年2月22日，于陕西省汉中市勉县诸葛古镇

瑞鹧鸪·从心之年

岁岁大雁衔流年，
年年华诞吟千山。
跋涉春秋远世事，
桑榆觅句颂山川。

柔肠百转随悲喜，
东坡月下观缺圆。
铅华虽卸心亦然，
老骥伏枥只等闲。

2021年11月18日，于郧阳区汉江北岸

诗词集《山风水韵》由长江文艺出版社出版发行后,进一步激发了我对古体诗词创作的热情。故而,我又选择了歌颂新时代农村建设这一时代主题进行创作。为了更好地反映新时代农村风貌及农民的精神面貌,我深入到全市100多个乡(镇)村进行采访。对乡村"一村一品"致富、"农旅融合"致富等,具有引领新时代的典型乡(镇)村进行诗词创作,耗时5年多,共创作了386首古体诗词。这次应黄河出版传媒集团阳光出版社邀约,精心挑选出200多首具有乡村特色并有浓郁村味的古体诗词结集出版,故取名为《山乡村韵》。

《山乡村韵》虽取材于十堰山区,但我认为十堰山区农村的变化,是新时代中国农村发展的缩影,反映了新时代社会主义新农村的新风貌。因而,诗词集面世后,将通过全国示范农家书屋和农村文化站,使全国人民感受社会主义新时代幸福乡村的美好。

在诗词创作过程中,汉语言文学学者喻斌教授,对每首词作的平仄、韵律进行了认真校正,同时对部分词作进行了润色;文旅策划人张俊华教授,在诗词集总体设计、内容的前期梳理、图片的拍摄上付出了辛勤的汗水;在编辑过程中,知名诗人周国军先生逐篇进行了排序及点润;诗词集的出版得到了黄河出版传媒集团阳光出版社金小燕女士的全力支持;在诗词创作过程中陈渊、段吉雄、冰客、石义花、郭峰等,把部分诗词推荐到了中诗网、人民网、中国作家网、《当代老年》等国家、省级网络平台和报刊发表,知名播音主持人郭宏哲先生还为部分诗词配音,并推荐到北京《四季美文》发表;在封面设计和排版过程中,谢子玉女士、张千文女士付出了辛勤劳动。在创作过程中还得到了诸多好友、网友的点赞鼓励和支持。在此，一并表示感谢！

特别要感谢的是我的家人，在我多年的创作过程中，给予默默无闻的无私支持！

李君琦

2023年9月1日，于汉江之滨